Stella Domira

Dem Himmel so nah

Stella Domira

Dem Himmel so nah

3 märchenhafte Geschichten

(Titelbild von Stella Domira,
Zeichnungen von Corinna Franke)

Herstellung und Verlag:
Books on Demand, Norderstedt

ISBN: 978-3-7526-0587-7

Die Löwenzahnengelchen

In jedem Frühling sieht man sie wieder, die gelben Sterne auf der Wiese, kleine Gotteslichter. Wenn man genauer hinsieht, erblickt man in den gelben Blüten lauter kleine Engelchen ohne Flügel zwar, aber schön anzusehen.
Später schenkt Gott ihnen Flügel und sie werden ganz weiß und durchscheinbar. Der Wind trägt sie in die Welt hinaus. Sie finden Halt in jeder kleinsten Ritze. Auch wenn ringsherum nur Beton ist. Sie setzen sich zwischen Mauern und in graue Wände und nächstes Jahr im Frühling erblühen sie wieder als Funken des Lebens, der Freiheit und der Fülle der Schönheit der Natur.

Das war aber nicht immer so.
Vor langer Zeit gab es ein Engelchen unter ihnen, das immer sagte „ich will nicht". Es hieß darum auch ICH-WILL-NICHT. Ein anderes Engelchen sagte immer „du musst" und so nannte man es DU-MUSST. Das Engelchen ICH-WILL-NICHT war wild und ungezügelt. Gern wäre es mit seinem Freund dem Wind fortgeflogen. Es wollte nicht brav auf einer Stelle stehen und ganz lieb sein. Das Engelchen war sehr, sehr neugierig. Weit in der Ferne sah es einen Baum. Diesem wollte es gerne guten Tag sagen. Es wollte gern auf einen hohen Berg oder auf ein Haus fliegen.

Auf einer Stelle stehen, um sich zum Blühen schön zu machen, um dann zu Staub zu werden und vielleicht an gleicher Stelle erneut zu blühen, war ihm nicht genug. Das Engelchen DU-MUSST war mit diesen Ansichten gar nicht einverstanden. Es ärgerte sich, wenn ICH-WILL-NICHT wieder einmal lieber dem Wind von seinen Träumen erzählte als sich zu putzen um der Blüte noch mehr Schönheit zu geben.
Heimlich dachte es zwar auch manchmal, wie schön es wäre, wenn die Träume wahr würden. Sein Verstand sagte ihm du musst, doch in seinem Herzen liebte es ICH-WILL-NICHT sehr.

ICH-WILL-NICHT war oft sehr wütend, wenn DU-MUSST ihm sagte, was es tun oder lassen sollte. Oft war es aber auch ein wenig traurig, denn eigentlich wollte es alles richtig machen. Es liebte DU-MUSST sehr, doch sein Herz widerstrebte zu gehorchen.
Gott, der groß ist wie ein Riese, damit er die Wälder, Berge, Täler, Wiesen und Flüsse verstehen kann und klein ist wie ein Zwerg, damit er die Menschen, Tiere, Käfer und Blumen begreift, fühlte den Zwiespalt der beiden.

Hup's da kullerte doch gerade sein Weihnachtsengelchen Wusel vorbei. Es konnte die Zeit wieder einmal nicht abwarten. Da kam Gott eine Idee und er beschloss, den Löwenzahnengelchen Flügel zu schenken. So verwandelte er sie von nun an. Er schenkte ihnen Freiheit und die Kraft überall zu blühen.
Als leuchtende Funken Gottes fliegen sie heute in alle Welt.

Regenbogenschmetterlingsmärchen

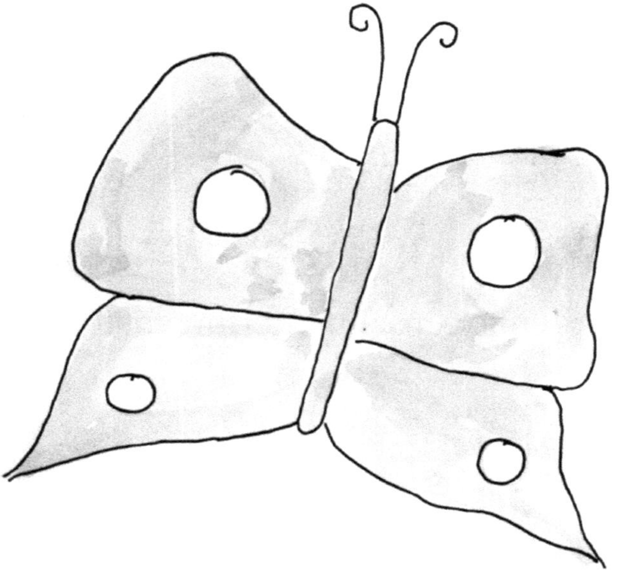

Es war einmal ein Schmetterling. Es war der traurigste Schmetterling, den man je gesehen hatte, denn er war sehr, sehr einsam.
Alle anderen Schmetterlinge mieden ihn oder wenn sie ihn sahen, lästerten sie über ihn und machten sich lustig. Selbst die Vögel verschmähten ihn als Beute, so dass er zum Leben verdammt war und sich nicht mal in den Tod stürzen konnte.
Der Schmetterling war nämlich farblos. Er war einfach nur durchsichtig, aber nicht mal glitzernd schön, sondern eher wie Milchglas etwas grau, so dass er nicht mal leuchtete, wenn Sonne oder Mond ihn beschienen.
Jeden Tag saß der Schmetterling auf einer Distel. Dort fiel er nicht so auf. Die Distel war genauso ungeliebt wie er. Er weinte sich die Augen aus.

Eines Tages trat ein Lichtblick in sein Leben. Er sah einen anderen Schmetterling, der genauso farblos war wie er. Trotzdem schillerte er schön, vor allem, wenn morgens der Tau seine Flügel benetzt hatte.
Dieser Schmetterling war eine Schmetterlingsfrau.
Der Schmetterlingsmann machte sich zwar keine Hoffnung, trotzdem träumte er nachts immer von ihr.
Er liebte sie still und heimlich aus der Ferne, dafür umso tiefer und inniger.
Die Schmetterlingsfrau war ein fröhliches Wesen. Auch sie wurde oft von den anderen wegen ihrer fehlenden Farbe geschmäht und als Beute missachtet. Aber sie war nicht traurig darüber. So konnte sie tun, was sie wollte, ohne dass die anderen sich darum scherten.

Die Schmetterlingsfrau hielt es nicht zu Hause. Sie hatte immer Lust auf Abenteuer. So hatte sie sich auf den Weg gemacht, das Ende des Regenbogens zu suchen.
Die Schmetterlingsfrau hatte den Schmetterlingsmann auch bemerkt und er gefiel ihr.
Sie sah nicht nur sein Äußeres, sondern ahnte sein gutes Herz.
Erst dachte sie, er möge sie gar nicht, da er immer, wenn sie auf ihn zuging, sich zurückzog, die Flügel zusammenklappte und wegsah.
Doch wenn sie ihm von ihren Träumen erzählte, hörte er ihr zu.
Nach einiger Zeit fasste der Schmetterlingsmann Zutrauen zu ihr.
Irgendwann dachte er, dazusitzen, zu trauern und das Schicksal zu verfluchen, ändert nichts.
So kam das Ende langsam und schleichend.
Begleitete er die Schmetterlingsfrau bei ihren Abenteuern, konnte es auch das Ende bedeuten, doch auch das große Glück.

Als die beiden beschlossen, gemeinsam auf die Reise zu gehen, schien ein Regenbogen auf ihre Flügel. Spontan küssten sie sich. Das sah die Göttin des Regenbogens. Sie lächelte und schenkte ihnen winzige Funken ihrer Farben. So gibt es heute eine sehr seltene Art von Schmetterlingen.
Sie trinken die Farben des Regenbogens und werden immer, wenn ein Regenbogen erscheint, noch schöner.

Bis hoch in die Wolken

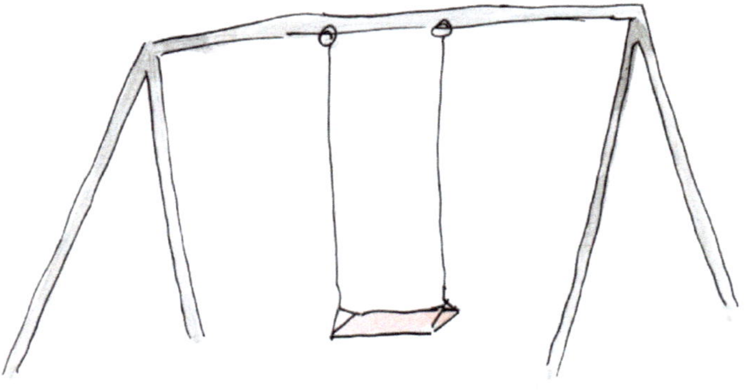

Immer wieder und wieder schüttelte die alte Frau den Kopf. Sie konnte es gar nicht fassen. Wie konnte man sich in so einem Alter noch auf eine Schaukel setzen und das noch in aller Öffentlichkeit auf einem Spielplatz. Sie fand eigentlich ihre Enkelin schon ein bisschen zu alt. Wieder schüttelte sie verwundert und ratlos den Kopf. Die junge Frau auf der Schaukel war doch bestimmt schon an die 30 und ein leichtes Persönchen war sie auch nicht. Doch schaukelte sie hin und her, immer höher und höher, und sie schien Spaß daran zu haben, denn sie lachte und gluckste wie ein kleines Mädchen.
Da sagte diese junge Frau: „Omi, was schüttelst du den Kopf, komm und mach mit, schaukeln hält jung."
Verärgert und in Gedanken ging die alte Frau davon. Was dieses junge Ding sich einbildete? Aber so war die Jugend, keinen Anstand, kein Benehmen mehr. Wenn sie da an ihre Jugend dachte. Wie oft sagten ihr Vater oder Mutter, das tut man nicht und selbstverständlich hielt sie sich daran. Selbstverständlich? In der Öffentlichkeit war das keine Frage, aber wie oft hatte sie davon

getträumt aus zu brechen und zu tun, was man nicht darf.
Wie sehr bewunderte sie damals die Stars, die Sänger, die Schauspieler, die Zirkuskünstler, das fahrende Volk. Immer umgab sie ein Hauch des Skandalösen, immer tanzten sie aus der Reihe. Sie erinnerte sich, wie sehr sie sich heimlich nach einem Leben wie diesem sehnte. Aber sie lernte damals ihren Mann kennen, sie heirateten, bekamen Kinder, später Enkel. Ihr Leben war geprägt von den großen Sorgen und kleinen Freuden des Alltags. Nur nachts träumte sie sich davon, von ihrem Leben, das so geregelt und anständig war.
Als sie am nächsten Tag wieder am Spielplatz vorbeikam, war auch die junge Frau wieder da und schaukelte. Die alte Frau schaute ihr jetzt mit einem kleinen Lächeln zu. Als die junge Frau sie wieder zum Schaukeln aufforderte, sagte sie nur: „Ach, das tut man doch nicht, und ich bin doch schon so alt.“ Die junge Frau antwortete fröhlich: „Man tut das nicht, aber wir sind doch keine Männer, und Alter ist nur eine Zahl. Das Alter im Herzen ist viel wichtiger als das Alter im

Ausweis.“ Still und nachdenklich ging die alte Frau davon.
Komisch war die Sichtweise schon, geradezu ungeheuerlich, aber es hatte auch etwas für sich. In ihrem Inneren gab sie der jungen Frau Recht. Immer hatte sie sich an die Regeln gehalten, hatte getan, was andere von ihr erwarteten. Aber immer fehlte ihr ein Fünkchen von dem vollkommenen Glück, nach dem sie sich so sehnte. Immer fühlte sie die Schranken und wie sehr der Rahmen drückte, in den sie sich hatte pressen lassen. Die alte Frau überdachte ihr Leben und beschloss, es zu ändern. Sie könnte ihr Haus verkaufen und eine Weltreise machen. Sie könnte noch mal studieren. Sie könnte anfangen zu malen. Sie könnte sich ihr Haar wieder wachsen lassen. Sie könnte auswandern und sie könnte sich, dachte sie verschmitzt, noch mal einen Mann nehmen, es müsste ja kein alter sein.
Auf jeden Fall wollte sie aber endlich ans Meer fahren.
Am nächsten Tag ging die alte Frau wieder zum Spielplatz. Diesmal wartete sie nicht auf die Aufforderung der jungen Frau, sondern

setzte sich gleich neben sie. Nein, sie hatte nicht vergessen, wie man schaukelt. Erst knackten und knirschten ihre Gelenke ganz schön und sie wollte wieder absteigen. Doch dann kribbelte es in ihrem Bauch. Die junge Frau lachte sie an. Gemeinsam schaukelten sie bis hoch in die Wolken.

Anhang

Das Lied vom Löwenzahn

Kam viel herum im deutschen Land
und ich erzähl euch, was ich fand,
an Hoffnung und an neuer Fantasie:
Inmitten deutscher Gründlichkeit,
Beton, Asphalt und Obrigkeit,
da blüht der Löwenzahn so wie noch nie!

Refrain:
Und dann nach langer Winterzeit,
siehst du sicher schon:
viele kleine Löwenzähnchen nagen
am Beton (krr krr).
Inmitten deutscher Gründlichkeit,
inmitten Angst und Hass und Streit,
verbreiten Löwenzähnchen Heiterkeit.

Der Löwenzahn, der Löwenzahn,
der hat mirs wirklich angetan,
denn dieses Unkraut, das bringt keiner um.
Mit keinem teuren Herbizid
hat man ihn bisher kleingekriegt.
Der Löwenzahn ist überhaupt nicht dumm!

Refrain: ….

Wenn spät im Sommer er verblüht
und kleine Fallschirmsamen kriegt,
dann hilf ihm doch,
dem alten Löwenzahn.
Blas kräftig in die Blume rein,
die Fallschirme, die fliegen fein
und kommen sicher auch irgendwo an.

Refrain: ….

Und wenn auch die Gewalt regiert
und wenn die Kälte einmarschiert;
das Land wird totenstill, so wie ein Grab.
Und wenn der Mensch den Mensch nicht liebt
und ihm statt Brot nur Steine gibt,
sag ich, dass ich doch trotzdem Hoffnung hab.

Refrain: ….

(Kirchliches Lied von der Gruppe
„Trotzdem“)

Zu mir …

Mein Name ist Dagmar Gemkow.

Ich schreibe seit mehr als zwanzig Jahren hobbymäßig meist Märchen und Geschichten,

Die Welt ist oft so grau, und ich hoffe, sie mit meinen Geschichten etwas bunter zu machen.

Mein Pseudonym ist Stella Domira; unter diesem Namen bin ich auch bei Facebook zu finden.